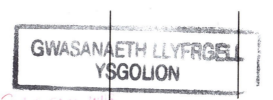

Mr Penstrwmbwl

a'r

Ddraig Fach

Julie Rainsbury & Graham Howells

Addasiad Elin Meek

I Delyth, Joseff a Jacob – G.H.

Argraffiad cyntaf – 2005

ISBN 1 84323 450 5

ⓗ testun: Julie Rainsbury
ⓗ lluniau a syniad gwreiddiol: Graham Howells
ⓗ testun Cymraeg: Elin Meek

Dymuna'r cyhoeddwyr gydnabod cymorth
Adrannau Cyngor Llyfrau Cymru.

Argraffwyd gan
Wasg Gomer, Llandysul, Ceredigion SA44 4JL
www.gomer.co.uk

Gwgodd Mr Penstrwmbwl. Agorodd ei ddau lygad ac ymestyn ei gorff crwn, crwn, yn ei wely clyd, clyd. Gwgodd eto. Doedd wyneb Mr Penstrwmbwl ddim yn gallu gwgu'n hawdd. Fel arfer, fe oedd y creadur hapusaf a fu crioed. Fyddai e braidd byth yn gwgu. Roedd rhywbeth wedi tarfu arno. Ond nawr, ac yntau'n effro, ni allai ddweud beth oedd e.

Dringodd Mr Penstrwmbwl o'i wely a phlymio i'r môr i ganu'r gân arferol i gyfarch y bore.

Gwisgodd y dillad roedd e wedi'u gosod yn daclus y noson cynt, yna bu'n tynnu a chrychu'i wallt nes ei fod yn edrych fel petai wedi'i dynnu drwy'r drain – yn union fel roedd e'n ei hoffi. Yn y drych, daeth gwg ar wyneb Mr Penstrwmbwl yn lle'r wên arferol. Llifodd sŵn ochneidio diflas i'r ystafell:

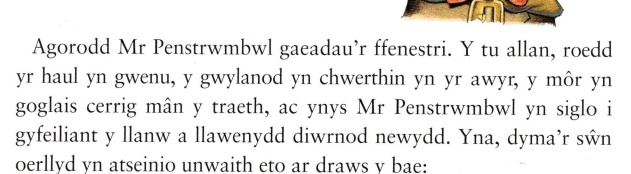

Cwynfan, wylofain,
igian a snwffian,
ochenaid ddofn a thrist.

Agorodd Mr Penstrwmbwl gaeadau'r ffenestri. Y tu allan, roedd yr haul yn gwenu, y gwylanod yn chwerthin yn yr awyr, y môr yn goglais cerrig mân y traeth, ac ynys Mr Penstrwmbwl yn siglo i gyfeiliant y llanw a llawenydd diwrnod newydd. Yna, dyma'r sŵn oerllyd yn atseinio unwaith eto ar draws y bae:

Cwynfan, wylofain, igian a snwffian, ochenaid ddofn a thrist.

Rhedodd Mr Penstrwmbwl allan a dringo'r ysgol i frig y dderwen fawr lle roedd ei wylfa. Cydiodd yn ei delesgop a chylchdroi'n araf, gan graffu ar y gorwel lle roedd yr awyr yn cwrdd â'r môr, y môr yn cwrdd â'r tir, a'r tir yn cwrdd â'r awyr.

'Dyna fe!' gwaeddodd yn fuddugoliaethus.

Draw ymhell ar bentir, gwelodd fflach goch, a llinell denau o fwg. 'Mae rhywun mewn trafferth!'

Trodd Mr Penstrwmbwl ei ynys i donfedd grym cerrig glas y Preseli a dyma hi'n arnofio ar draws y bae nes iddo ei hangori'n ddiogel o dan y pentir.

Roedd y sŵn erchyll ac anobeithiol yn codi'n uwch ac yn uwch wrth i Mr Penstrwmbwl ddringo i ben y clogwyn:

Cwynfan, wylofain, igian a snwffian, ochenaid ddofn a thrist.

Safodd Mr Penstrwmbwl yn syfrdan. Tân roedd e wedi disgwyl ei weld ar ben y clogwyn – tân yn gwreichioni ac yn mygu.

'Ddraig fach,' meddai Mr Penstrwmbwl yn syn. 'Beth wyt ti'n wneud fan hyn? Fe ddylet ti fod wedi hedfan tua'r de ers tro i dreulio'r gaeaf.'

Camodd y ddraig fach 'nôl oddi wrtho'n ofnus. Edrychodd o'i chwmpas ond nid oedd unman i guddio. Ochneidiodd a chrio. Igian a snwffian. Cwynfan ac wylofain. Treiglodd dagrau enfawr dros ei bochau a glanio'n swnllyd ar grafangau ei thraed. Curodd ei hadenydd bach. Dechreuodd y cen ar ei chorff fflachio'n goch wrth iddi droi i'r naill ochr a'r llall a chwilio am ffordd o ddianc. Roedd ei chynffon bigog yn hongian yn drist. Wrth iddi ochneidio a chrio, igian a snwffian, cwynfan ac wylofain, codai cymylau o fwg gan hofran yn uchel uwchben y clogwyn a llithro allan i'r môr, gan guddio'r awyr.

'Beth yn y byd sy'n bod?'

Estynnodd Mr Penstrwmbwl ei law a chyffwrdd ag ysgwydd y ddraig fach yn ysgafn, ysgafn. Crynodd y ddraig wrth i ias fynd drwyddi a dechreuodd wylofain yn uwch eto.

'Dere di, dere di!' meddai Mr Penstrwmbwl yn garedig. 'Dw i'n siŵr nad yw pethau cynddrwg â hynny. Paid â llefain, dyna ddraig fach dda, mae 'mhen i'n dechrau hollti.'

Mwythodd Mr Penstrwmbwl foch wlyb y ddraig. Daliodd y ddraig ati i igian a snwffian. Dechreuodd dawelu . . . rhyw fymryn bach.

'Beth yw dy enw di?' gofynnodd Mr Penstrwmbwl.

'D-does gen i ddim enw,' snwffiodd y ddraig. 'Dw i'n rhy ifanc i fod wedi cael fy enw fy hunan eto, a nawr maen nhw wedi fy ng-ngadael i ar ôl a ch-chaf i b-byth enw fy h-hunan. Roedd enw gan bob un o 'nheulu i, roedd enw gan bob un o'r cymdogion, ac roedd enw gan bob un o'm ffrindiau. A nawr ch-chaf i byth enw . . .'

Roedd crio'r ddraig fach ar fin troi'n wylofain unwaith eto.

'Ond mae'n ddigon hawdd trefnu hynny,' meddai Mr Penstrwmbwl. 'Mae popeth yn bosibl, ydy wir. Fe alla i roi enw i ti.'

'Wir?'

Dechreuodd llygaid dagreuol y ddraig droi'n grwn a gloyw. Igiodd. Snwffiodd. A daeth y crio i ben yn llwyr. Siglodd ei gên i'w sychu, tasgu'r dagrau olaf o flaenau ei chrafangau, curo'i hadenydd a rhwbio'i thrwyn miniog yn swil ar hyd braich Mr Penstrwmbwl.

'Mae gen i lond poced o enwau fan hyn yn rhywle,' meddai Mr Penstrwmbwl.

Tynnodd allan lond llaw o ddarnau o femrwn, papur a cherdyn sgleiniog.

'Dal yr un rwyt ti'n ei hoffi,' meddai.

Gwnaeth Mr Penstrwmbwl gwpan o'i ddwylo i ddal yr holl enwau. Gyda herc, cam a naid, dechreuodd ddawnsio o gwmpas y ddraig. Gan gadw amser i guriad ei esgidiau mawr brown, dyma fe'n troelli pob un o'r enwau fesul un yn yr awyr:

'Tegryn, Tyddewi, Marloes, Brynberian,
Cas-mael, Cas-blaidd, Cas-fuwch, Llanrhian,
Nyfer, Niwgwl, Crymych, Cilgerran,
Boncath, Preseli, Talbenni, Llangloffan,
Hermon, Dinas, Solfach, Trefwrdan,
Cleddau, Cilwendeg, Mathri . . .'

'Aros! Aros!'

9

Syllodd y ddraig fry ar y darnau'n symud yn yr awel fel plu eira mân. Cododd ar ei choesau ôl ac ymestyn ei chrafangau blaen hyd yr eithaf. Dyma un grafanc yn bwrw'r darn coch olaf roedd Mr Penstrwmbwl wedi'i daflu a gwneud iddo hofran i lawr at yr eithin. Neidiodd y ddraig arno.

'Mathri!' gwaeddodd. 'Mathri fydd fy enw i!'

Llamodd draw at Mr Penstrwmbwl a rhoi'r darn iddo.

'Gad i ni weld, 'te.'

Chwiliodd Mr Penstrwmbwl ym mhoced ei wasgod a gosod ei sbectol ddarllen ar flaen ei drwyn. Dyma fe'n llyfnhau'r darn papur coch a syllu ar yr enw oedd wedi'i ysgrifennu arno.

'Mathri fydd dy enw di!' ebychodd. 'Mathri'r Ddraig.'

Dawnsiodd Mr Penstrwmbwl eto o gwmpas Mathri, gan ganu enw newydd y ddraig a tharo pob sillaf â'i esgidiau mawr brown.

Yna, uwchlaw sŵn ei ganu a churiad ei esgidiau, dechreuodd Mr Penstrwmbwl glywed sŵn arall:

Cwynfan, wylofain,
igian a snwffian,
ochenaid ddofn a thrist.

Rhoddodd Mr Penstrwmbwl y gorau i ddawnsio.

'Beth sy'n bod nawr, Mathri? Ro'n i'n meddwl mai eisiau enw oedd arnat ti.'

'Ie, ie,' wylodd Mathri, 'ond fe fyddan nhw'n dal i alw'r enwau eraill arna i . . . mabi bambi, cachgi-bwm a llwfrgath . . . achos fydda i ddim wedi newid. Dyna pam na ches i enw go-iawn a dyna pam ces i fy ngadael ar ôl.

'Mae dreigiau eraill yn cael eu henwi ar y diwrnod maen nhw'n dysgu hedfan, cyn i'r heidiau mawr o ddreigiau fynd tua'r de i dreulio'r gaeaf. Ond dw i erioed wedi gallu hedfan a . . .' Gwridodd cen Mathri'n dywyllach eto. Gwyrodd ei phen a sibrwd mewn cywilydd, '. . . pwy glywodd erioed am ddraig sy'n methu hedfan?'

'Dw i'n siŵr y llwyddi di i hedfan ryw ddiwrnod,' meddai Mr Penstrwmbwl. 'Dim ond draig fach iawn wyt ti ar hyn o bryd.'

'A mabi bambi, cachgi-bwm a llwfrgath . . .' wylodd Mathri. 'Alla i ddim gwneud dim yn iawn.'

'Mae popeth yn bosibl,' meddai Mr Penstrwmbwl.

Rhoddodd Mathri'r gorau i grio. Dyma ei llygaid yn troi'n grwn a gloyw.

'Elli di fy nysgu i hedfan?' gofynnodd Mathri'n obeithiol. 'Dw i'n siŵr y gallwn i hedfan ond i ti ddweud wrtha i beth i'w wneud. Yna fe allwn i hedfan tua'r de at yr haid o ddreigiau a dweud wrthyn nhw beth yw fy enw newydd, a fyddan nhw ddim yn gallu fy ngalw'n dda i ddim byth eto.'

Ysgydwodd Mr Penstrwmbwl ei ben.

'Dw i ddim yn credu y galla i dy ddysgu di i hedfan, Mathri. Wn i ddim am hedfan fy hunan ac . . . mae'n rhaid i'th adenydd di dyfu tipyn eto.

'Paid â dechrau wylofain eto. Rhaid dy fod ti'n gallu gwneud *rhywbeth* yn dda. Does dim pwynt bod yn ddiflas o hyd. Beth wnei di i godi dy galon tan i'r haid o ddreigiau ddod yn ôl?'

'Alla i ddim gwneud dim. Dw i wir yn dda i neb, yn fabi bambi, cachgi-bwm a llwfr . . .'

Cydiodd Mr Penstrwmbwl yn nwy grafanc flaen Mathri a dawnsio unwaith eto, gan wneud i Mathri droelli gydag e. Daliodd Mathri ei hanadl a synnodd gymaint fel y rhoddodd y gorau i grio.

'Alla i ddim hedfan,' chwarddodd Mr Penstrwmbwl, 'ond dw i'n ddawnsiwr penigamp ac mae dawnsio bob amser yn codi fy nghalon. Dw i erioed wedi cwrdd â draig sydd ag unrhyw glem am ddawnsio – felly dw i'n siŵr, tasen ni'n ymarfer, mai ti fyddai'r ddawnsddraig orau yn y byd mawr crwn!'

'Ond alla i ddim, alla i ddim . . .' meddai Mathri â'i gwynt yn ei dwrn wrth iddi gael ei symud fan hyn a fan draw.

Ni chymerodd Mr Penstrwmbwl sylw ohoni.

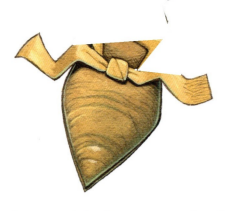

Dyma Mr Penstrwmbwl yn curo'i droed ar y llawr,
Siglo'i ddwy goes fer a gweiddi: 'Dere nawr!'
Cydiodd yn Mathri wrth un grafanc goch,
A dawnsio gyda'r ddraig fach, foch wrth foch.
Camodd i'r chwith; ac i'r dde yn eofn,
A Mathri'n crynu o hyd mewn ofn.
Mr Penstrwmbwl yn troi ac yn troelli,
Mathri'n dal i fynnu ei bod wir yn poeni.
Gwaeddodd y dawnsiwr: 'Nawr, Math, dilyn fi!'
A chyfrif yn uchel: Un, dau, tri. Un, dau, TRI!
Cliciodd ei fysedd a churo ei ddwylo
Ond roedd Mathri'n methu deall ac yn dechrau wylo.
'Cei ymlacio wrth ddawnsio, mae e'n hynod lesol,'
Canai Mr Penstrwmbwl, gan lusgo Mathri ar ei ôl.
Cwynai Mathri: Gyda chwt a phedair troed,
Fydda i byth yn ddawnsddraig wych, beth bynnag yw fy oed.

Ochneidiodd Mr Penstrwmbwl a rhoi'r gorau i ddawnsio.

'Mae'n rhaid i ti roi cynnig arni, Mathri,' meddai.

'Dw i'n gwneud fy ngorau ond mae'n anodd a . . . ALLA I DDIM!'

Gwyliodd Mr Penstrwmbwl wrth i Mathri chwythu a chwyno, troi a throelli, gan dynnu'r clymau yn ei choesau, ei hadenydd a'i chynffon yn dynnach fyth.

'Mmmm . . . mae popeth yn bosibl,' meddai Mr Penstrwmbwl, 'ond weithiau . . . mae angen ychydig o amser a . . . thipyn bach o help. Dere, dilyn fi.'

Safodd Mathri'n stond, datod ei chorff, siglo'r cen yn syth a dilyn Mr Penstrwmbwl.

Buon nhw'n cerdded am gryn amser. Cerdded heibio i sawl bae, ar draws dolydd, dringo bryniau, ar hyd dyffrynnoedd, o gwmpas pentrefi, dros afonydd, drwy ogofâu, heibio sawl castell. Cerdded yng nghanol yr heulwen ac yn y cysgodion. Cerdded drwy'r dydd a thrwy'r nos. Cerdded ar hyd ffyrdd, heolydd, lonydd, llwybrau ceffyl a llwybrau troed a oedd fel petaen nhw'n ymestyn o'u blaenau am byth.

O'r diwedd dyma nhw'n cyrraedd coedwig fawr.

'Mae'n edrych yn dywyll.'

Cuddiodd Mathri y tu ôl i Mr Penstrwmbwl a syllu i'r goedwig ddu.

'Mae'n edrych yn erchyll.'

Dechreuodd grynu a siglo a snwffian.

'Mae hi'n edrych mor . . . beryglus.'

'Wrth gwrs ei bod hi,' meddai Mr Penstrwmbwl. 'Mae'n lle llawn hud a lledrith – a gall hud a lledrith fod yn dywyll, yn ofnadwy a pheryglus. Ond gall fod yn olau hefyd.

Mae'n wir, wrth gwrs, fod y Coblynnod yn hoffi llechu yn y goedwig hon, ond mae llawer o ddaioni a thylwyth teg yma hefyd.

Wedyn mae'r creaduriaid sydd rywle yn y canol rhwng da a drwg. Y Lloedwig, er enghraifft, os cei di gip arnyn nhw. Rhai cyfrinachol a drygionus sydd hefyd yn llawn hwyl a sbri. Fydden nhw byth yn gwneud drwg i neb yn fwriadol.

Ac mae Hyllwen y wrach yma, wrth gwrs. Hi yw'r un y daethon ni i'w gweld. Gall hi wneud llawer o ddaioni – pan fydd hwyl dda arni.'

Dechreuodd Mathri gwynfan, wylofain, igian a snwffian.

'Dw i ddim eisiau mynd i'r tywyllwch dudew dwfn . . . a dwyt ti ddim yn swnio'n yn siŵr iawn y bydd Hyllwen yn ein helpu ni. D-dw i ddim yn meddwl 'mod i eisiau cwrdd â g-gwrach fyw, g-go-iawn.'

'Hisht, hisht,' meddai Mr Penstrwmbwl i'w thawelu. 'Fe fyddwn ni'n iawn. Mae'r Coblynnod yn hoffi cysgu yn ystod y dydd. Ond, *Gwell Coblyn ynghwsg na Choblyn ar ddihun*, ys dywedon nhw – felly fe fyddai'n dda o beth taset ti ddim yn tarfu arnyn nhw.'

Camodd Mr Penstrwmbwl ymlaen yn fras. Llyncodd Mathri, a dechrau igian a snwffian eto. Ochneidiodd gwmwl bach diflas o fwg. Doedd hi ddim eisiau mentro i'r goedwig ond doedd hi ddim eisiau cael ei gadael ar ei phen ei hun chwaith. Yn araf, ac mor dawel ag y medrai, dechreuodd hi ddilyn Mr Penstrwmbwl ar flaenau ei chrafangau pigog.

Roedd tŷ Hyllwen y wrach yng nghanol y goedwig dywyll, wedi'i orchuddio â mwsogl, cen coed a dail crin. Roedd y llwybr at y drws yn serth a charegog, a thylluan â llygaid melyn llonydd yn gwylio a rhybuddio drwy hwtian 'Tw-whit, tw-hw!'

Ond wedyn, roedd rhaeadrau hir a hardd fel gwallt y forwyn yn tasgu i nant arian a phelydrau'r haul yn goreuro'r to gwellt, gan roi sglein croesawus i bob ffenest.

'Mae'n ddigon i godi ofn arnat ti,' meddai Mathri, 'ond yn . . . yn hardd hefyd, rywsut.'

'Hud a lledrith yw hynny,' meddai Mr Penstrwmbwl. 'Hyllwen! Hyllwen! Mae angen dy help di arnon ni!'

Curodd Mr Penstrwmbwl yn eofn ar y drws pren, tra oedd Mathri yn cuddio rhwng gwreiddiau coeden gerllaw.

Roedd hwyl dda ar Hyllwen. Ar ôl iddi eu gwahodd i'r tŷ a rhoi pryd o dafod i'w ffon dylluan am bigo cynffon Mathri, mynnodd Hyllwen eu bod nhw'n eistedd o flaen y tân gyda chwpaned o de llusi duon bach a darn enfawr o bastai cnau castan a chaws llyffant. Gwrandawodd yn astud ar Mr Penstrwmbwl wrth iddo adrodd stori Mathri a sôn am ei gynllun i ddysgu'r ddraig i ddawnsio.

'Dyw dreigiau erioed wedi gallu dawnsio'n dda,' meddai Hyllwen yn amheus.

Cerddodd o gwmpas Mathri ac edrych arni o bob cyfeiriad tra oedd y ffon dylluan yn ceisio cnoi ei phengliniau.

'Ac fe fydd angen pob help posibl ar hon. Mae hi'n ddraig fach hynod gadarn ac ofnadwy o gydnerth, heb unrhyw fflach na dawn yn perthyn iddi. Dyw hi ddim yn urddasol a gosgeiddig fel y dreigiau mawr.'

Gwridodd cen Mathri yn goch tywyll. Dechreuodd pob un o'i chrafangau blygu mewn embaras.

'Paid â'i gwneud hi'n drist,' meddai Mr Penstrwmbwl. 'Rhag ofn iddi ddechrau llefain eto.'

'Dw i ddim yn ceisio gwneud hynny,' meddai Hyllwen yn bwdlyd. 'Dweud hi fel y mae dw i, dyna i gyd.'

'Ond rwyt ti'n gwybod peth mor wych yw gallu dawnsio,' meddai Mr Penstrwmbwl mewn llais tawel yn llawn cerddoriaeth gynnil. 'Mae'n beth mor gyffrous a hudolus. Rhaid dy fod ti'n cofio sut buon ni'n dau'n dawnsio ymhell ar ôl hanner nos flynyddoedd lawer yn ôl yn Nawns yr Heuldro . . .'

Ysgydwodd Hyllwen ei phen a thorri ar ei draws yn sydyn, ond sylwodd Mathri ei bod hi'n gwenu eto.

'Roedd hynny amser maith, maith yn ôl,' meddai, 'pan oedd y goedwig hon yn ifanc, a 'ngwallt mor ddisglair â rhaeadr yn yr heulwen, pan nad oedd angen help ffon dylluan arna i i gerdded.'

Eto i gyd, roedd hi'n ymddangos fel petai geiriau Mr Penstrwmbwl wedi perswadio Hyllwen i'w helpu nhw. Herciodd draw at y silffoedd uchel oedd o gwmpas yr ystafell a chodi poteli o hylifau golau, potiau o bowdr gemog, a blychau dirgel yn siglo â sain tywyllwch. Llithrodd haenen o lwch a lludw ar draws y llawr wrth iddi gario bwndeli o berlysiau sych i'r aelwyd.

Wrth i Hyllwen weithio, roedd hi'n hymian wrthi'i hunan, ac yn mwmian seiniau rhythmig swyn dawnsio. Dechreuodd ei chrochan coginio enfawr ffrwtian uwchben y tân. O jwg grisial, dyma hi'n arllwys ffrydiau o arian byw, sloch o surop a llwyaid o bowdr. Cododd saith carreg ddu, cyfrif saith asgwrn gwyn, a chydio mewn llond dwrn o berlysiau. Yn araf, trochodd y cyfan mewn cawl hudol wedi'i dewhau gan ei geiriau a'i cherddoriaeth. O'r diwedd roedd y cymysgedd yn barod. Cododd Hyllwen lond lletwad o dywyllwch hanner nos: hylif porffor tywyll a gludiog, gydag arlliw o fioled, a fflach myrdd o sêr.

Rhoddodd Hyllwen ben cynffon Mathri'n y lletwad – peintiodd bob un o'i chrafangau nes eu bod nhw'n llachar, hir a gloyw. Symudodd Mathri grafangau ei bysedd a chwarae â chrafangau ei thraed. Roedden nhw'n disgleirio'n llawn egni – fel goleuadau Nadolig bach. Roedd ei chen yn fflachio fel ffagl o neon. Roedd hi'n llawn cyffro fel na allai eistedd yn llonydd am eiliad arall.

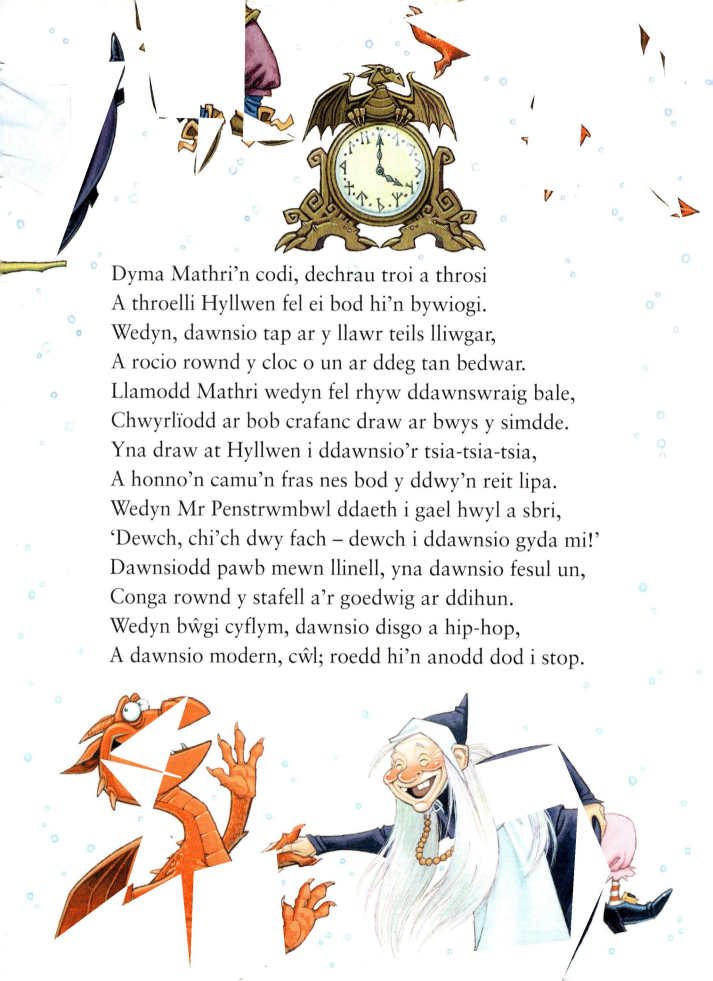

Dyma Mathri'n codi, dechrau troi a throsi
A throelli Hyllwen fel ei bod hi'n bywiogi.
Wedyn, dawnsio tap ar y llawr teils lliwgar,
A rocio rownd y cloc o un ar ddeg tan bedwar.
Llamodd Mathri wedyn fel rhyw ddawnswraig bale,
Chwyrlïodd ar bob crafanc draw ar bwys y simdde.
Yna draw at Hyllwen i ddawnsio'r tsia-tsia-tsia,
A honno'n camu'n fras nes bod y ddwy'n reit lipa.
Wedyn Mr Penstrwmbwl ddaeth i gael hwyl a sbri,
'Dewch, chi'ch dwy fach – dewch i ddawnsio gyda mi!'
Dawnsiodd pawb mewn llinell, yna dawnsio fesul un,
Conga rownd y stafell a'r goedwig ar ddihun.
Wedyn bŵgi cyflym, dawnsio disgo a hip-hop,
A dawnsio modern, cŵl; roedd hi'n anodd dod i stop.

Dawnsiodd pawb mewn cylch, yna dawnsio ar ffurf sgwâr,
Dawnsio gwerin ar y ford, a dau yn gwneud gwaith pâr.
Lan y grisiau wedyn, i'r llofftydd ac i'r atig,
Chwyrlïo gyda mopiau, mewn dawns fach dra deinamig.
Twmpath ar y to, dawns y glocsen ar y llechi,
A'r ffon dylluan hefyd yn mwynhau bod wrthi.
Dawnsio bol a salsa, yna dawnsio tango,
A nôl i lawr y grisiau gan wneud dawns ffandango.
Dawns fach dawel wedyn a llamu dros gadeiriau,
Olwyndroi a chicio gwyllt i gael ystwytho'r coesau.
Dawns yr hôci-côci a neidio mewn a mas,
Plygu nôl a blaen a siglo'n wyllt ar ras.
Camu'n drwm a phendant gyda'i gilydd dros y llawr,
A dawnsio polca gwych a gwyllt o gylch y gegin fawr.

Troelli unwaith eto, ond doedd neb am beidio dawnsio,
Felly mas â nhw drwy'r drws gan chwyrlïo a chwyrlïo.
Dawnsio bî-bop ar y lawnt, a jeifio draw i'r goedwig,
Codi hwyl a llamu'n llon gyda chriw y Lloedwig.
Tylwyth teg, corachod, ac ysbrydion a ddaeth wedyn,
I ddawnsio drwy'r nos hir a deffro'r holl ddyffryn.
Camu dros gaws llyffant, dawnsio limbo dan fieri,
A siglo'n wyllt a nwyfus rhwng cangau mawr y deri.
Canodd pob un goeden ei chân yn hir heb doriad
I fyrdd o sêr yn symud, a phelen wyllt y lleuad.
Daeth y Coblynnod hefyd i geisio dangos dawn
Wrth ddawnsio â chleddyfau – ond nid yn dda iawn.
Dyma Hyllwen wedyn yn dawnsio i greu drycin
O fellt a tharanau, a glaw yn tasgu chwerthin.

Cododd ei ffon dylluan a chyfarwyddo'r lleill
I symud fesul llinell, yn ôl a blaen fel gweill.
Meddai Mr Penstrwmbwl: Mae 'nhraed bach i fel plwm.
Dywedodd y ffon dylluan ei bod hi'n teimlo'n drwm.
Roedd Mathri nawr yn blino, a bu'n dylyfu gên,
Meddai Hyllwen: 'Dw i'n troi am adre, dw i'n dechrau
    mynd yn hen!'
Ar gyrion maith y goedwig, cododd pob un o'r coed
Eu sgertiau hir o ddeiliach, a'u siffrwd yn ddi-oed,
Eu siffrwd nhw yn gyflym, a'u siffrwd nhw yn araf,
Eu siffrwd nhw yn gyntaf, a'u siffrwd nhw yn olaf.
Cododd y coed eu gwreiddiau, a dawnsio'n rhydd a ffri,
Eu cluniau cnotiog yn rhoi clec wrth gamu a chael sbri.
A phawb yn ffarwelio, canodd y coed mewn undod:
Mae popeth wir yn bosibl: yn uchel y bo'r nod.

Cerddodd Mr Penstrwmbwl a Mathri â'u hanadl yn eu dyrnau wrth i'r hen goedwig fawr lithro unwaith eto i afael y llonyddwch, y tawelwch a'r cysgodion. Dyma belen fawr y lleuad yn aros yn ei hunfan, a phefrio'r sêr yn ymlonyddu.

'Dyna brofiad gwych!'

Plygodd Mathri ei hadenydd blinedig, ymestyn ei chymalau lluddedig, symud bysedd blinderog ei thraed a sythu ei chynffon boenus hyd nes bod y cen yn tonni fel nant fach goch.

'Ie'n wir . . . a nawr dy fod ti wedi rhoi cynnig arni . . . fe fyddi di . . . bob amser . . . yn gallu dawnsio,' meddai Mr Penstrwmbwl â'i wynt yn ei ddwrn. 'Edrych . . . fe ddiflannodd hylif y swyn hudol yna oddi ar dy grafangau di oriau 'nôl.'

Syllodd Mathri i lawr. Roedd Mr Penstrwmbwl yn dweud y gwir. Dyma hi'n dawnsio cam neu ddau, yn araf ac yn ysgafn.

'Dyna ni. Gwych!' meddai Mr Penstrwmbwl. 'Y ddawnsddraig orau yn y byd mawr crwn.'

Yn araf ac yn ysgafn, dawnsiodd Mathri a Mr Penstrwmbwl un ddawns fach olaf gyda'i gilydd.

'Nôl a blaen,
  'nôl a blaen
ar hyd priffyrdd a chilffyrdd,
  heibio cestyll,
drwy ogofâu,
  dros afonydd,
o gwmpas pentrefi,
  ar hyd dyffrynnoedd,
gan ddringo bryniau,
  ar draws dolydd,
heibio i sawl bae,
  drwy'r dydd a thrwy'r nos
tan iddyn nhw, o'r diwedd,
  gyrraedd y pentir
lle roedden nhw wedi cwrdd.

Daeth dawnsio Mathri i ben. Dyma hi'n snwffian, igian ac wylofain. Disgynnodd deigryn yn swnllyd oddi ar ei thrwyn ar un o esgidiau mawr brown Mr Penstrwmbwl.

'Dere di,' meddai Mr Penstrwmbwl.

Cyffyrddodd ag ysgwydd Mathri'n ysgafn, ysgafn.

'Mae hamog gen i ar fy ynys . . . yr union beth i ddraig fach flinedig orffwyso ynddi tra bydd hi'n disgwyl i'r haid o ddreigiau ddod 'nôl.'

Dyma lygaid Mathri'n troi'n grwn a gloyw.

'Allwn i b-byth b-bythoedd ofyn i chi fynd i d-drafferth,' meddai'n obeithiol.

'Pam lai?' meddai Mr Penstrwmbwl.